La chasse aux chauves-souris

L'auteur : Joanna Cole a eu une prof de sciences
qui ressemblait un peu à Mlle Bille-en-Tête.
Après avoir été institutrice, bibliothécaire et éditrice
de livres pour enfants, Joanna s'est mise à écrire.
La série *Le Bus magique* connaît un très grand succès
aux États-Unis !

L'illustrateur : Yves Besnier est né en 1954.
Il habite à Angers. Il illustre des affiches publicitaires
ainsi que des livres pour enfants chez Gallimard,
Nathan, Hatier, Bayard. Il a dernièrement illustré
Cendorine et les dragons, paru en 2004 chez Bayard
Éditions Jeunesse.

L'auteur tient à remercier Jacqueline J. Belwood, chercheur à
l'Ohio Biological Survey, et Dennis L. Krusac, spécialiste des
espèces menacées au United States Department of Agriculture
Forest Service, pour leur aide et leurs précieux conseils.

Titre original : *The Truth about Bats*
© Texte, 1999, Joanna Cole
Publié avec l'autorisation de Scholastic Inc., 557 Broadway, New York, NY
10012, USA.
Scholastic, THE MAGIC SCHOOL BUS, le Bus Magique et les logos sont
des marques déposées de Scholastic, Inc.
Tous droits réservés.
Reproduction, même partielle, interdite.
© 2005, Bayard Éditions Jeunesse pour la traduction-adaptation
française et les illustrations.

Conception : Isabelle Southgate
Réalisation de la maquette : Sylvie Lunet
Suivi éditorial : Karine Sol

Loi n°49 956 du 16 juillet 1949 sur les publications destinées à la jeunesse.
Dépôt légal : octobre 2005 - ISBN 13 : 978 2 7470 1470 0
Imprimé en Allemagne par Clausen & Bosse.

La chasse aux chauves-souris

Joanna Cole

Traduit et adapté par Éric Chevreau
Illustré par Yves Besnier

QUATRIÈME ÉDITION
BAYARD JEUNESSE

La classe de Mlle Bille-en-Tête

Raphaël

Thomas

Véronique

Carlos

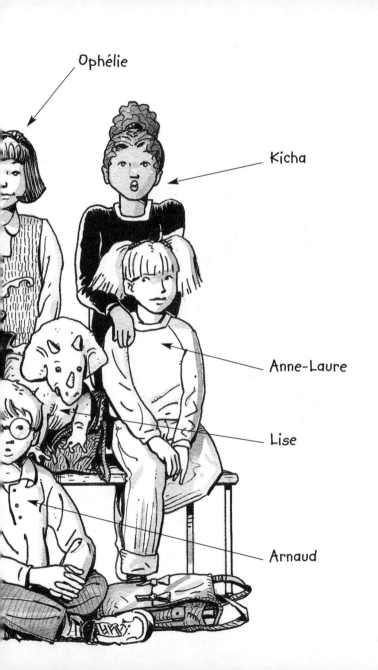

Ophélie

Kicha

Anne-Laure

Lise

Arnaud

Bonjour,
je m'appelle Raphaël,
et je suis dans la classe de Mlle Bille-en-Tête.

Tu as peut-être entendu parler d'elle,
c'est une maîtresse extraordinaire,
mais un peu bizarre.
Elle est passionnée de sciences.
Pendant ses cours, il se passe toujours

des choses incroyables.

En effet, Mlle Bille-en-Tête
nous emmène souvent en sortie

dans son **Bus magique** qui peut se transformer
en hélicoptère, en bateau, en avion...

Ah ! J'oubliais ! La maîtresse s'habille
toujours en rapport avec le sujet étudié,
et elle a un iguane. Original, non ?

Surtout, lis bien les informations données
par l'ordinateur et les exposés
que nous préparons à la maison.
Ainsi, tu seras incollable
sur les chauves-souris !
Et ça, ce n'est pas mal non plus !

1

Chauve qui peut !

– Dites : « chauve-souris » !

Je braque mon appareil photo sur Anne-Laure et Thomas. Clic !

– Hé ! dit Thomas, agacé. Ça fait au moins dix fois que tu me prends en photo cette semaine.

– Désolé, mais... j'adore mon nouvel appareil !

Je l'ai eu en cadeau d'anniversaire, et je ne peux plus m'en passer.

– À cause de toi, on va être en retard pour le cours de sciences !

C'est Anne-Laure qui parle. Elle est toujours la première à entrer en classe. Il faut dire que, depuis quelques jours, tout le monde est très excité. Les grandes vacances seront bientôt là, et la maîtresse a promis qu'elle nous emmènerait en voyage de fin d'année. Bien sûr, on s'interroge tous sur la destination qu'elle a choisie. Avec elle, tout est possible ! Moi, je pense que ce voyage a un rapport avec les chauves-souris, car Mlle Bille-en-Tête nous a demandé de préparer un dossier sur ces affreuses bestioles. Et puis, aujourd'hui, elle porte une robe imprimée de dessins de chauves-souris !

Le reste de la classe est déjà arrivé. La maîtresse nous sourit et dit :

– Bonjour, les enfants ! Asseyez-vous vite, j'ai d'excellentes nouvelles ! Comme vous le savez, la fin de l'année approche à grands pas, et je crois avoir trouvé l'endroit idéal pour partir en classe de découverte...

Mlle Bille-en-Tête se dirige vers la carte du monde et pointe sa règle sur l'Ouest des États-Unis.

– Voici le Parc Yosemite. On y trouve de nombreuses espèces de chauves-souris.

C'est là que nous irons, à la recherche de l'oreillard maculé, une des espèces les plus rares.

– Ah non ! s'exclame Ophélie. Pas ces oiseaux de malheur !

– Mais ce ne sont pas des oiseaux ! réagit Anne-Laure. Ce sont des mammifères, comme les chiens, les chats... et nous !

Ophélie n'est pas convaincue. Elle continue de grommeler :

– Oui... eh bien, oiseau ou pas, je n'ai pas envie qu'une chauve-souris vienne me sucer le sang.

– Mais non ! s'écrie Kicha. Elles ne sucent pas le sang. C'est juste une légende !

– Elles ne sucent pas le sang des humains, précise Thomas. Mais certaines espèces se nourrissent du sang des animaux, les vaches ou les chevaux, par exemple.

– Oui, dit Carlos en retroussant ses lèvres comme Dracula, elles leur entaillent le cou

À plumes ou à poils ?

Les chauves-souris ne sont pas
des oiseaux, mais des mammifères.
Comment le sait-on ?
Les oiseaux sont des animaux à plumes.
Ils pondent des œufs et les couvent
jusqu'à leur éclosion.
Les mammifères possèdent une fourrure.
Ils donnent naissance à des petits
qu'ils allaitent.
Pourtant, les chauves-souris ont un point
commun avec les oiseaux : leur façon de
se déplacer. Ce sont les seuls mammifères
à savoir voler. Au sol, par contre,
les chauves-souris sont très maladroites.

Anne-Laure

et elles aspirent jusqu'à la dernière goutte !

Carlos fait mine de s'approcher d'Ophélie,
qui pousse un petit cri. La maîtresse le gronde :

– Allons, Carlos, ne lui fais pas peur inutilement ! Les chauves-souris ne vident pas les proies de leur sang, elles prélèvent quelques gouttes, voilà tout.

– Ça doit faire mal ! dit Ophélie avec une grimace.

– Pas tellement, la rassure Mlle Bille-en-Tête. Parfois, les animaux ne s'en rendent même pas compte...

– Et puis, ajoute Thomas, on ne risque pas de rencontrer de chauves-souris vampires. Elles vivent en Amérique du Sud, et il n'en existe que trois espèces.

Une grande famille

Il existe environ mille espèces de chauves-souris dans le monde. Une trentaine d'espèces seulement habitent en France. La plupart vivent dans les régions tropicales (Amérique du Sud, Afrique ou Asie).

– La plus grosse est le renard volant. On l' appelle ainsi à cause de son museau allongé.
De la taille d'un pigeon, elle a une envergure (dimension des ailes dépliées)
de 1,80 m. Elle vit en Asie,
en Afrique et dans
le Pacifique.

– La plus petite est la chauve-souris à nez de cochon. Elle vit en Thaïlande.
C'est l'un des plus petits mammifères sur Terre : elle mesure 3 cm et pèse 2 grammes. Elle est plus légère qu'une pièce de monnaie !

– Exactement, Thomas. Trois espèces, sur près d'un millier ! Malheureusement, un seul voyage ne nous permettra pas de les observer toutes !

Malheureusement ? En ce qui me concerne, je serais très heureux si on n'en rencontrait aucune...

La maîtresse déplie un poster présentant quelques espèces de chauves-souris. Du bout de sa règle, elle en montre une avec de grandes oreilles roses et une fourrure.

– Je vous présente l'oreillard maculé. Il vit surtout dans l'Ouest de l'Amérique du Nord.

– Visez un peu les oreilles ! plaisante Carlos. On dirait un lapin !

– Je croyais que toutes les chauves-souris étaient noires, intervient Véronique.

– Oh ! certaines sont grises, marron, rousses ou argentées... et d'autres noires à pois blancs, explique Mlle Bille-en-Tête. Le mieux est encore d'aller les observer là où

elles vivent. Allez,
les enfants ! Tout
le monde au bus !
– Quoi, déjà ?
s'exclame Ophélie,
paniquée. Mais.... mais...

– Pas de mais qui tienne ! J'ai pris contact
avec un guide du parc Yosemite, et il nous
attend aujourd'hui même.

Nous suivons Mlle Bille-en-Tête jusqu'au parking de l'école, où est garé le Bus magique. À part Carlos et Thomas, on ne peut pas dire que nous sommes très enthousiastes. Enfin, rien de dangereux ne peut nous arriver tant que nous sommes avec la maîtresse...

Une fois dans le bus, celle-ci passe une main sous le siège du conducteur. Lorsqu'elle la retire, elle tient une casquette comme celle des pilotes d'avion. Avec ça sur la tête, elle ressemble à un commandant de bord ! Puis elle s'installe derrière le volant et pousse quelques boutons, pendant que nous bouclons nos ceintures.

Une seconde après, une force incroyable me plaque contre mon siège et nous décollons. Car le Bus magique vient de se transformer en avion magique à réaction !

En route pour le parc Yosemite !

2

En route !

Bientôt, nous volons au-dessus des nuages.

Les autres ont l'air de bien s'amuser. Pourtant, sur le siège à côté de moi, Ophélie se ronge les ongles.

Certaines personnes aiment bien se faire peur. Les mauvaises réputations ont la vie dure : les chauves-souris sont peut-être des animaux pacifiques, mais peu de gens les trouvent sympathiques. C'est plus fort qu'eux !

En préparant mon dossier sur les chauves-souris, j'ai lu qu'elles ont l'habitude de dormir la tête en bas avec leurs ailes repliées... Ça doit faire un drôle d'effet de voir le monde à l'envers !

Ophélie angoisse :

– Et si une chauve-souris s'agrippe à mes cheveux, qu'est-ce que je fais ? demande-t-elle. J'ai entendu parler d'une femme qui se promenait en plein jour, et une chauve-souris lui a foncé droit dessus !

– N'importe quoi ! réplique Kicha. Les chauves-souris ne sont pas aveugles ! La vue n'est peut-être pas leur sens le plus développé, mais elles ont d'autres moyens de se repérer.

– Kicha a raison, dit la maîtresse sans se retourner. Tu n'as rien à craindre. Les chauves-souris ne volent pas au hasard. Elles ont un sonar qui leur sert à se guider dans l'air. Kicha, peux-tu expliquer à Ophélie ce qu'est un sonar ?

– Eh bien, c'est un peu comme un radar. Les chauves-souris envoient des ondes sonores. Ce sont des cris tellement aigus qu'on ne peut pas les entendre. Ils leur permettent de chasser la nuit.

Les chauves-souris « voient » avec leurs oreilles

Pour éviter les obstacles ou repérer leurs proies dans le noir, les chauves-souris émettent des ultrasons par la bouche ou le nez. Ces ondes sonores rebondissent contre l'objet et reviennent vers l'animal sous forme d'écho. Cela s'appelle l'écholocation.

Kicha

– Voilà pourquoi les chauves-souris ont les oreilles en feuilles de chou ! plaisante Carlos.

– De toute façon, poursuit Thomas, les chauves-souris sont des animaux nocturnes. Le jour, elles ont autre chose à faire que d'effrayer les passants : elles dorment !

– Alors, on ne va pas réussir à les voir, si elles dorment ?

Mlle Bille-en-Tête intervient :

– C'est simple, explique-t-elle d'un ton léger. Nous camperons sur place et attendrons la nuit pour les observer.

– Ouah ! s'exclame Kicha. Est-ce que ça veut dire qu'on va se coucher tard ?

– Tu as tout compris, Kicha !

– Moi, reprend Ophélie, je voudrais bien savoir pourquoi les chauves-souris ne vivent pas le jour, comme tout le monde. Mes parents me disent toujours que, si je n'ai pas mes neuf heures de sommeil, je suis grognon toute la journée.

– Même quand tu as bien dormi, tu es grognon ! la taquine Carlos.

Les chauves-souris préfèrent la nuit

Pour trois raisons :

1. Le jour, il fait trop chaud pour elles : le soleil chauffe leurs fines ailes et les dessèche.
2. La nuit, il y a plus d'insectes et moins de concurrents (à part quelques araignées).
3. Il y a moins de dangers à sortir la nuit : la chouette et le serpent sont les seuls prédateurs des chauves-souris.

Thomas

Soudain, un des appareils du tableau de bord se met à biper...

– C'est mon détecteur de chauves-souris, s'écrie Mlle Bille-en-Tête, tout excitée. Apparemment, nous survolons une colonie. Il faut descendre voir !

La maîtresse actionne des boutons. Nous entendons une espèce de « flap, flap, flap » au-dessus de nos têtes, comme le bruit que font les pales d'un hélicoptère.

Et nous commençons à descendre à la verticale.

Tout à coup, je comprends : Mlle Bille-en-Tête a transformé l'avion en hélicoptère !

Nous nous posons sur un grand rocher plat. La maîtresse coupe le moteur :

– Regardez sous vos sièges, nous dit-elle. Vous trouverez la panoplie complète de l'explorateur de cavernes !

Sous mon fauteuil, je découvre un casque de chantier équipé d'une lumière et une paire de bottes. Si, avec cet équipement, on ne trouve pas de chauves-souris, ce ne sera vraiment pas de chance...

– En route ! claironne Mlle Bille-en-Tête. À nous les chauves-souris !

3
Le repaire des chauves-souris

À mi-hauteur de la montagne, un grand trou sombre s'ouvre dans la roche. C'est l'entrée d'une caverne !

– Super ! s'enthousiasme Thomas. Allons voir à l'intérieur !

– Pas question d'entrer là-dedans ! annonce Ophélie. Je ne viens pas.

– Ni moi, dit Arnaud.

– Ni moi ! renchérit Véronique.

Kicha secoue la tête d'un air désolé.

– Allez, les copains ! On reste ensemble : il n'y a aucune raison d'avoir peur...

– Si..., fait Carlos en retroussant les lèvres et en repliant les doigts comme des griffes. Il y a des chauves-souris mangeuses d'hommes.

– Vas-y, si ça t'amuse, lui dit Arnaud. Tu nous raconteras... si tu en sors vivant !

La maîtresse ajuste son casque sur la tête et déclare d'une voix sans appel :

– Tout le monde y va. Maintenant, suivez-moi et, surtout, pas un bruit !

La prenant par la main, Anne-Laure entraîne Ophélie vers l'entrée de la grotte derrière Mlle Bille-en-Tête.

Nous n'avons pas le choix : nous devons les suivre.

À part les petits ronds de lumière que nos lampes dessinent sur les parois, nous

sommes plongés dans l'obscurité. L'air est plus frais ici, et humide. Brrr... je sens la chair de poule sur mes bras.

Ophélie jette des regards apeurés de tous les côtés, comme si une chauve-souris allait foncer sur elle d'un instant à l'autre.

– Est-ce que toutes les chauves-souris habitent dans des grottes ? chuchote-t-elle.

– Non, souffle Arnaud, qui a préparé un dossier sur l'habitat de la chauve-souris. Elles peuvent vivre dans toutes sortes d'endroits.

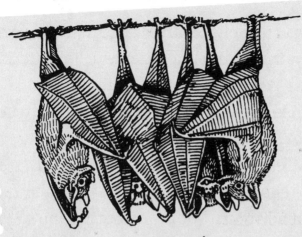

Pendues au plafond

Les chauves-souris aiment les recoins
sombres et tranquilles.
Certaines habitent dans des grottes, des
hangars ou des greniers ; d'autres préfèrent
le sommet des arbres dans les forêts ou
les parcs, ou les haies dans les champs.
Pendues la tête en bas, elles se serrent
les unes contre les autres en repliant leurs
ailes pour se tenir chaud. Elles ne tombent
pas, parce qu'elles ont des griffes au bout
de leurs orteils, et leurs pattes se bloquent
sous l'effet de leur poids.

Arnaud

Le tunnel s'élargit et, bientôt, on débouche dans une grande salle au fond de la grotte. Carlos pousse un cri :

– Hé ! Je viens de marcher sur un truc bizarre !

– C'est du guano ! s'exclame Anne-Laure en regardant ses semelles. Le caca de chauve-souris, quoi... Ça veut dire qu'elles ne sont pas loin !

– Heureusement qu'on a des bottes ! ronchonne Carlos.

– Tu sais, intervient Mlle Bille-en-Tête, le guano est un excellent engrais pour les plantes. Et Anne-Laure a raison : nous avons la preuve que des chauves-souris habitent tout près. D'ailleurs, je me demande...

La maîtresse lève les yeux. Son casque éclaire le plafond. Je mets une main devant la bouche pour retenir un cri. Là-haut, c'est couvert de chauves-souris ! Des centaines de chauves-souris, pendues la tête en bas.

– On dirait bien qu'on a trouvé leur dortoir, chuchote Mlle Bille-en-Tête. Mais... oh ! ce sont des chauves-souris grises, une espèce en danger. Il y a des bébés ! C'est sûrement une colonie de jeunes. Il faut partir d'ici.

Déjà, la maîtresse rebrousse chemin sur la pointe des pieds. On la regarde sans comprendre. Pourquoi est-elle tout à coup si pressée de revenir en arrière ? Mais bon, on la suit.

Après quelques pas, je m'arrête. Je viens d'avoir une idée. Et si je prenais une photo ?

Juste une. Ça ne durerait qu'une seconde...

Je laisse les autres s'avancer, je braque mon appareil vers le plafond, et clic !

L'éclair du flash est éblouissant. Pendant un instant, je ne vois plus rien.

Et puis, soudain, je vois : des chauves-souris commencent à battre des ailes. Oh, non ! Le flash de l'appareil photo a dû les réveiller. Maintenant, elles doivent être furieuses... Elles vont sûrement m'attaquer !

Je tourne les talons, mais, dans ma précipitation, je me cogne aux parois de la grotte et la lampe de mon casque s'éteint. Je reste là, sans bouger. Je me mets à hurler :

– Au secours ! Venez m'aider !

« Au secouours ! Venez m'aideeer ! » me renvoient en écho les murs de la caverne.

Mais personne ne vient. Je suis seul dans une grotte pleine de chauves-souris.

4
Seul dans la grotte

Seul dans le tunnel sombre, je frissonne. J'ai l'impression que la température baisse de minute en minute. La tête dans les bras, je m'attends à chaque instant à être attaqué par des milliers de chauves-souris. Mais où est Mlle Bille-en-Tête ?

Enfin, j'aperçois une lueur tremblante dans la nuit. La lumière grandit, grandit.

– Raphaël ! Qu'est-ce que tu fais ici ?

– Mademoiselle Bille-en-Tête ! dis-je, soulagé. J'étais perdu. Je... j'ai voulu prendre une photo des chauves-souris et... et mon flash les a réveillées et... et j'ai eu peur qu'elles m'attaquent et...

– Du calme, Raphaël. Si je comprends bien, les chauves-souris ont plus de raisons que toi d'être effrayées. Tu leur as fait peur avec ton flash. Allez, viens, ne traînons pas ici...

Les copains nous attendent dehors. Je n'ai jamais été aussi content de les voir. Mlle Bille-en-Tête est furieuse ! Elle gronde :

– Raphaël, tu as fait une grave erreur. Les chauves-souris n'ont qu'un bébé par an. En les dérangeant, tu aurais pu faire tomber les petits accrochés à leur mère.

– Comment font-elles pour reconnaître

Pitié pour
les chauves-souris !

Les chauves-souris sont très utiles.
Elles mangent des tonnes d'insectes
nuisibles, c'est-à-dire dangereux pour
les autres animaux, les hommes
ou les récoltes. Une pipistrelle dévore
jusqu'à 600 moustiques chaque nuit !
Certaines facilitent la reproduction
des fleurs en transportant leur pollen.

Carlos

leur bébé dans une colonie si grande ?
demande Ophélie.

– Eh bien, explique la maîtresse, lorsqu'il
atteint l'âge de voler de ses propres ailes,
le petit appelle sa mère en lançant des cris,
une sorte de SOS, si tu veux. La mère le
reconnaît aussi à l'odeur. Si le petit survit
à son premier hiver, il pourra vivre jusqu'à vingt, voire trente ans. Les chauves-

souris sont parmi les mammifères les plus menacés, voilà pourquoi il est important de ne pas déranger la colonie.

Je reste muet, je fixe le bout de mes bottes. Thomas vient à mon aide en brisant le silence :

– Vous voulez dire : menacés d'extinction ? Je croyais que les chauves-souris étaient très nombreuses...

– Cela n'est vrai que pour certaines espèces, malheureusement. La chauve-souris grise, par exemple, ne vit que dans les grottes. Mais l'homme les détruit pour agrandir ses terres, bâtir des maisons, par exemple. Une fois dérangées dans leur habitat, les chauves-souris n'y reviennent jamais.

– Est-ce qu'elles ne peuvent pas s'installer dans une autre grotte ? demande Véronique.

– Le problème, c'est que tôt ou tard il n'y en

aura plus assez. C'est pourquoi les scientifiques qui étudient les chauves-souris posent des barrières à l'entrée des grottes qu'elles habitent, pour que personne ne les dérange. Les chauves-souris ont un rôle primordial dans la nature, et il faut les protéger.

– Entièrement d'accord ! approuve Carlos, qui a préparé un dossier sur les dangers qui guettent les chauves-souris.

Chauves-souris en danger !

Les chauves-souris sont aujourd'hui en danger. Tout a changé autour d'elles. Les pesticides répandus dans les champs les tuent ou empoisonnent leur nourriture. Les maisons modernes n'ont plus de grenier pour les abriter, et on les chasse de leur habitat en visitant leurs grottes.

Carlos

– Je suis surprise que cette grotte soit encore ouverte au public, poursuit Mlle Bille-en-Tête. Dès qu'on sera arrivés au parc, je préviendrai les gardes forestiers pour qu'ils en interdisent l'entrée. J'espère que vous retiendrez la leçon.

En tout cas, moi, j'ai bien compris ! Je me sens un peu bête...

– Je voulais juste prendre une ou deux photos, je ne pensais pas faire de mal.

– Une photo de chauves-souris endormies, ce n'est pas très intéressant, dit Carlos. Il faudrait saisir une chauve-souris féroce en plein vol, gueule ouverte, avec ses petites dents pointues !

– Si les chauves-souris volent la gueule ouverte, ce n'est pas forcément qu'elles sont féroces, précise Mlle Bille-en-Tête. Elles sont simplement en train d'envoyer des ultrasons.

– Pourtant, insiste Carlos, sur les photos en gros plan, celles où les scientifiques les tiennent dans leurs mains, on dirait vraiment qu'elles veulent mordre...

– Toi aussi, tu voudrais mordre si quelqu'un t'attrapait et te maintenait pour te prendre en photo, dit Mlle Bille-en-Tête. La chauve-souris ne fait que se défendre.

– Comme Teddy, mon chat, ajoute Anne-Laure. Dès qu'un autre chat pointe le bout de son museau, il replie ses oreilles en arrière, montre ses dents et crache. Il a l'air si méchant, alors qu'en réalité il est doux comme un agneau !

– En parlant de chats, les chauves-souris ont un autre point commun avec eux, continue Mlle Bille-en-Tête : la propreté ! Elles passent beaucoup de temps à lécher leur fourrure pour se nettoyer.

La maîtresse vérifie l'heure à sa montre :

– Nous sommes très en retard. Notre guide doit s'impatienter. Allez, tout le monde, retour à l'hélicoptère !

– Attendez ! Est-ce que j'ai le temps de prendre une photo de nous devant la grotte ?

– Vas-y, Raphaël. Mais vite !

Tous les copains s'alignent devant l'entrée de la caverne.

– Et si on faisait semblant d'être des chauves-souris photographiées en plein vol ? propose Kicha.

Elle étend les bras comme des ailes et ouvre la bouche en une grimace terrible. Les autres l'imitent.

Clic ! Et encore une photo pour mon album !

— Cette fois, il faut vraiment y aller ! rappelle Mlle Bille-en-Tête.

Nous regagnons l'hélicoptère. En un clin d'œil, celui-ci se transforme de nouveau en avion, et nous poursuivons notre voyage à la découverte de nos amies les chauves-souris.

Suivez le guide !

L'avion magique effectue un virage sur l'aile et commence sa descente vers les montagnes aux sommets recouverts de neige et aux flancs verdoyants.

Des cours d'eau semblables à de minces rubans argentés serpentent dans les vallées.

Enfin, nous sommes arrivés !

– Parés à l'atterrissage ? demande Mlle Bille-en-Tête.

Elle enfonce le bouton qui transforme l'avion en hélicoptère. On se pose sur un parking désert.

Nous sommes entourés de montagnes

impressionnantes. On dirait que le sommet de l'une d'elles a été coupé à la tronçonneuse. Une chute d'eau cascade le long de hautes falaises en pierre.

Je suis ravi d'avoir mon appareil photo. Je mitraille comme un fou tout ce que je vois.

– Tu ferais mieux d'économiser la pellicule, me recommande Mlle Bille-en-Tête.

Un homme en uniforme vert et chapeau à large bord s'approche et tend la main à la maîtresse.

– Bienvenue au parc Yosemite, mademoiselle. J'ai eu votre message. Tout est prêt pour vous accueillir.

– Les enfants, je vous présente Mike. C'est lui qui sera notre guide dans le parc.

Mike sourit.

– Bonjour, tout le monde. Content de vous voir !

– Merci beaucoup d'être venu à notre rencontre, dit Mlle Bille-en-Tête. Nous sommes si impatients de découvrir notre premier oreillard !

– Ne soyez pas trop déçus si vous n'en voyez pas. On ne sait jamais à l'avance ce qu'on prendra dans notre filet...

– Le filet ? Quel filet ? demande Véronique.

– Vous verrez. Suivez-moi. Il faut tout préparer avant que la nuit tombe !

– Mike a raison, approuve la maîtresse. Regagnons le bus.

En nous retournant vers l'emplacement où l'hélicoptère s'est posé, nous remarquons avec surprise que le bus a repris sa forme normale.

Nous suivons la Jeep de Mike. Tout en grimpant vers le sommet, la route s'amuse à faire de nombreux tours et détours. Nous prenons à droite dans la forêt, et elle se transforme en simple chemin bordé de pins.

On s'arrête dans une clairière. Au milieu coule une rivière lisse comme un miroir.

– Quel magnifique endroit pour passer la nuit ! s'enthousiasme Mlle Bille-en-Tête.

– Mais où sont les chalets ? demande Arnaud, qui aime le confort. Où sont les lits ? Il n'y a rien, ici.

Les chalets ! Pourquoi pas les hôtels, tant

qu'il y est ? J'imagine qu'on va planter deux tentes, allumer un feu de camp, et voilà ! Mais Mlle Bille-en-Tête a une autre idée. Elle pousse un bouton sur le tableau de bord et, soudain, les parois s'écartent et notre bus se transforme... en chalet.

À un bout sont alignées des couchettes recouvertes de duvets rouges ; à l'autre se trouve le coin cuisine, avec un poêle à bois et, juste devant, une banquette bien confortable où on pourra s'asseoir pour se réchauffer les pieds. Bref, tout le confort moderne.

– Hé ! Il y a même une salle de bains ! s'exclame Arnaud.

Tant pis pour le camping à la dure.

6

Première prise

Mike a planté sa tente juste à côté du bus... enfin, du chalet.

– On ferait mieux de commencer à installer les filets, propose-t-il. La nuit va bientôt tomber.

Il disparaît à l'intérieur de la tente, pour revenir chaussé de longues bottes noires montant jusqu'aux hanches.

Mlle Bille-en-Tête, elle aussi, en a enfilé une paire. Mais les siennes ont de petits dessins de chauves-souris dessus.

– Ces bottes de pêcheur sont indispensables pour entrer dans l'eau glacée, explique Mlle Bille-en-Tête tout en aidant notre guide à déplier un filet à mailles ultrafines.

– C'est du tulle, précise Mike. Une matière très légère, quasi invisible, et sans danger pour les chauves-souris. C'est le seul moyen pour les scientifiques de savoir quelle espèce habite un endroit précis. Les chauves-souris attrapées sont identifiées et comptées avant d'être relâchées.

Tout en parlant, notre guide, secondé par la maîtresse, a tendu en travers de la rivière deux filets, maintenus par de hauts piquets.

– Voilà ! Les filets sont installés juste à l'endroit où les chauves-souris viennent chasser les insectes. Il n'y a plus qu'à attendre. Espérons que quelques-unes voleront trop vite et se prendront dedans.

– À quelle vitesse ça vole, une chauve-souris ? demande Carlos.

– Eh bien, le record est détenu par la grande chauve-souris brune, avec des pointes à 65 km/h. Certaines chauves-souris migratrices parcourent plus de soixante kilomètres par nuit.

Véronique, qui observe les filets d'un œil intrigué, s'interroge à voix haute :

– Et pourquoi y a-t-il un filet en bas et un en haut ?

– Excellent sens de l'observation ! la félicite Mike. C'est parce que certaines chauves-souris volent bas, et d'autres plus haut. L'oreillard maculé, par exemple, vole haut. Dans le filet du bas, on a plus de chances d'attraper des chauves-souris de Yuma, une espèce très répandue dans les environs.

– Il n'y a que deux espèces de chauves-souris dans le parc ? s'intéresse Arnaud.

– Oh ! non. Le parc compte une quinzaine d'espèces.

– C'est quinze de trop pour moi, soupire Ophélie. Je crois que je vais plutôt attendre dans le chalet.

– Alors qu'on commence juste à s'amuser ? dit Mlle Bille-en-Tête. Pas question !

Anne-Laure rassure Ophélie :

– Ne t'inquiète pas ! Je vais rester près de toi. Les chauves-souris ne te feront aucun mal.

– Au fait, quand est-ce qu'on mange ? demande Arnaud.

– Dès que vous m'aurez aidée à allumer le feu ! répond la maîtresse.

– Chouette ! s'exclame Carlos. Un barbecue !

Dix minutes plus tard, un feu de camp flambe près de la rivière.

En voyant arriver le repas, Arnaud se frotte les mains.

– Je ne sais pas ce que vont manger les chauves-souris ce soir, mais pour moi le menu est parfait. Saucisses grillées, haricots à la tomate et patates à la braise, miam !

– Moi, je sais ce que mangent les chauves-souris, dit Véronique, qui a écrit un dossier sur leur alimentation.

On se jette avec appétit sur la nourriture.

Que mangent
les chauves-souris ?

La plupart des chauves-souris se
nourrissent d'insectes ou d'araignées.
Quelques-unes s'attaquent aux grenouilles,
aux lézards, aux oiseaux, aux souris, voire
à d'autres chauves-souris, ou capturent
en vol des poissons, à la surface de l'eau.
Mais de nombreuses espèces, souvent
les plus grosses, sont végétariennes. Elles
préfèrent les fruits, les feuilles, le pollen
ou le nectar des fleurs, qu'elles
sucent grâce à leur langue très allongée.

Véronique

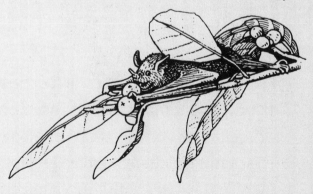

Même Ophélie oublie sa peur et ne pense plus qu'à son estomac. Et, pour le dessert, Mlle Bille-en-Tête nous a réservé une surprise : des marshmallows flambés ! C'est très amusant : on en met un au bout d'un bâton et on le regarde se recroqueviller au-dessus du feu. Puis on l'avale tout rond. C'est chaud et sucré, hum...

À présent, le soleil est couché. On se fait dévorer par les moustiques, et tout le monde se donne de grandes claques pour les chasser.

– Je déteste les moustiques ! gémit Véronique.

– Les chauves-souris, elles, les adorent ! dit Mike. Et, maintenant que les insectes sont sortis, elles ne vont plus tarder à chasser.

– Tant mieux ! dit Arnaud. Je préfère finalement les chauves-souris aux moustiques.

J'espère qu'elles vont bien se régaler !

Mlle Bille-en-Tête nous distribue des sortes de petites jumelles.

– Ces lunettes vont vous permettre de voir dans l'obs-curité presque comme en plein jour.

En effet, ces jumelles sont super ! En attendant les chauves-souris, on s'amuse à s'observer les uns les autres en se faisant des grimaces.

Tout à coup, Mike, qui est parti surveiller les filets, nous appelle :

– Venez voir ! J'en ai une !

Nous courons vers la rivière. Notre guide,

toujours chaussé de ses bottes de pêcheur, est plongé jusqu'à mi-cuisses dans l'eau. Il est occupé à dégager quelque chose du filet. Lorsqu'il nous rejoint, il tient ses deux mains refermées en coupe.

– C'est une jeune chauve-souris de Yuma.

– Ça ? s'exclame Ophélie. Ça ressemble à une boule de coton !

Tout doucement, Mike déplie les ailes de la chauve-souris pour nous permettre de mieux voir.

– En fait, explique-t-il, ses ailes sont un peu comme nos mains. Elles ont cinq doigts, tous reliés à l'aile sauf le pouce.

– Je le savais, dis-je, tout fier.

Normal, j'ai fait mon dossier sur l'anatomie de la chauve-souris.

– Les chauves-souris, poursuit Mike, se servent de leurs ailes pour piéger les insectes. Elles les plaquent contre leur corps et les mangent en plein vol.

Un peu d'anatomie

Le nom scientifique de la chauve-souris est « chiroptère », ce qui, en grec, veut dire « la main-aile ». Les os du bras, de la main et de la jambe soutiennent la membrane de l'aile. Cette membrane est constituée de deux fines couches de peau renfermant les vaisseaux sanguins, les nerfs et les tendons.

Raphaël

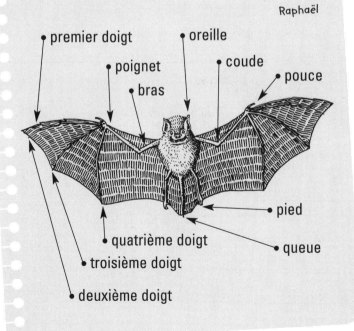

- premier doigt
- oreille
- poignet
- coude
- bras
- pouce
- quatrième doigt
- troisième doigt
- deuxième doigt
- pied
- queue

– Ce sont vraiment de drôles de bêtes, dit Carlos. Elles me plaisent bien, finalement.

– Tu verras, plus tu en apprendras sur elles, plus tu les aimeras. Je vais relâcher celle-ci et voir ce que nous avons attrapé d'autre.

Il ouvre les mains, et la petite chauve-souris s'envole dans la nuit.

7

L'attente

À présent, des dizaines et des dizaines de chauves-souris, vives comme l'éclair, sillonnent l'air dans toutes les directions. Et, grâce à nos superbes lunettes de vision nocturne, aucun détail ne nous échappe.

– Vous avez vu comme elles foncent sur leurs proies ! s'exclame Kicha. Ça, c'est de la précision !

– Eh oui ! dit la maîtresse. Encore une fois, c'est grâce à leur sonar. Plus l'insecte est proche, plus l'écho revient rapidement. La chauve-souris sait donc à quelle distance se trouve sa proie.

– Dommage qu'on ne puisse pas les entendre, regrette Véronique. Je me demande à quoi ressemble leur cri...

– Eh bien, c'est à peu près aussi fort que l'alarme d'un détecteur de fumée. Heureusement, les chauves-souris ont des muscles spéciaux qui referment leurs oreilles lorsqu'elles poussent leur cri. Sinon, elles se rendraient sourdes !

La plupart des chauves-souris réus-
sissent à éviter le filet, mais, de temps en
temps, l'une d'elles se retrouve prise entre
ses mailles.

– Tenez, voici une grande chauve-souris
brune ! s'écrie Mike en délivrant la pauvre
petite chose qui se débat entre ses doigts.

– Elle n'a pas l'air si grande, dit Carlos en
jetant un œil déçu sur la boule de four-

rure brune qui s'accroche au gant du guide.

– Disons qu'elle est de taille moyenne, précise celui-ci. Elle est plus grande que sa cousine la petite chauve-souris brune. Une fois dépliées, ses ailes mesurent jusqu'à trente centimètres.

– Il y en a dans mon quartier, fait Anne-Laure. Nos voisins en ont trouvé dans leur grenier, l'été dernier.

– Rien d'étonnant, commente Mike. Grandes ou petites, les chauves-souris brunes aiment voyager. On en rencontre dans de nombreux endroits du monde.

À peine a-t-on relâché la chauve-souris qu'il y a de nouveau de l'action du côté des filets. C'est Kicha qui lance le cri d'alerte :

– Là ! Regardez ce truc énorme qui nous arrive dessus !

On se retourne juste à temps pour voir une silhouette immense, avec des ailes d'au moins soixante centimètres, planer au-

dessus de la rivière. Une seconde après,
elle est arrêtée net par le filet du haut !

– Oh, non ! s'exclame Ophélie. C'est sûrement un oiseau. C'est bien trop gros pour
être une chauve-souris...

– Cela m'étonnerait, tous les oiseaux
dorment à cette heure tardive, dit
Mlle bille-en-tête. Et puis, notre visiteur

semble muni de poils, pas de plumes !

– Ta maîtresse a raison, approuve Mike. C'est bien une chauve-souris. Et quelle chauve-souris ! Venez que je vous présente le molosse. Comme son nom l'indique, c'est la chauve-souris la plus grosse des États-Unis.

Ophélie fait un pas en arrière ; Anne-Laure la prend par la main et la rassure :

– Allons, tu n'as rien à craindre. Tu ne vas quand même pas rater ça.

Mike maintient la chauve-souris d'une main douce mais ferme.

– Elle n'est pas plus grande que votre main ! constate Anne-Laure.

– Et elle a la tête d'un chien ! ajoute Carlos.

– Est-ce qu'elle mord ? s'inquiète Ophélie.

– Seulement si on lui veut du mal. C'est un réflexe de défense. Mais tu n'as pas tort : c'est vrai qu'il vaut mieux éviter d'agacer une chauve-souris. Certaines ont de bonnes dents et peuvent mordre.

– Et les chauves-souris transmettent la rage, renchérit Ophélie. C'est une maladie mortelle. J'ai lu ça quelque part, en préparant mon dossier.

– Certaines peuvent transmettre la rage, effectivement. Mais cela ne concerne qu'un petit nombre d'entre elles. Il y a plus de risques d'attraper la rage avec un renard. Le plus sage est de ne jamais toucher une chauve-souris, ni aucun animal sauvage.

Mike est monté sur un rocher pour libérer le molosse.

– Cette chauve-souris a besoin de se laisser tomber d'au moins 1,80 m avant de prendre son envol, explique-t-il.

Il la tient à bout de bras, puis ouvre les mains. L'animal plonge dans le vide : il va s'écraser au sol ! Non : au dernier moment,

Attention aux quenottes !

Les chauves-souris possèdent des dents pointues pour couper leur nourriture en petits morceaux. Celles qui se nourrissent d'insectes mous (les papillons de nuit) ont des mâchoires moins puissantes et des dents moins tranchantes que celles qui mangent les insectes à carapace (les hannetons ou autres insectes croustillants !).

Ophélie

Ne pas toucher !

On ne doit pas toucher les bêtes sauvages.
Certains animaux atteints de la rage
se comportent de façon étrange
et se mettent à baver. Une chauve-souris
malade, elle, a l'air tout à fait tranquille.
Mais, si elle vous laisse approcher,
elle est sûrement malade.

Ophélie

il se redresse et disparaît dans le ciel com-
plètement noir.

Il est tard. Et toujours aucun signe de
l'oreillard maculé ! Véronique étouffe un
bâillement :

– J'espère que notre oreillard va bientôt
pointer le bout de son museau ! Je ne vais
pas pouvoir rester éveillée plus longtemps...

– Tu sais, répond Mike, rien ne dit qu'il va
se montrer ce soir. Peu de gens ont eu la

chance d'en voir, et on ne sait pas grand-chose de ses habitudes. On pense qu'il vit dans les falaises rocheuses, à proximité des rivières et des lacs, parce qu'on en a attrapé un il y a quelques années, pas loin d'ici.

– À quoi il ressemble ? l'interroge Véronique.

– Il est à peu près de la taille d'une grande chauve-souris brune. Il se nourrit de papillons et émet des sons qui ne ressemblent à aucun autre. C'est comme cela qu'on le reconnaît.

– Mais je croyais que les cris des chauves-souris étaient trop aigus pour que les humains les entendent ? s'étonne Kicha.

– C'est vrai pour la plupart des chauves-souris, qui émettent des ultrasons. Mais chez d'autres, comme notre oreillard, les sons ne sont pas aussi aigus, et nous pouvons les entendre.

– Est-ce que, par hasard, ce serait un

bruit... comme celui-ci ? intervient Mlle Bille-en-Tête.

Toutes les conversations s'arrêtent. Nous restons immobiles et silencieux, mais nous ne percevons rien. Est-ce que la maîtresse entendrait des voix ? Et puis, tout à coup, de petits « tic, tic, tic » perçants remplissent l'air autour de nous.

– C'est ça ! murmure Mike. C'est lui ! C'est l'oreillard maculé !

– Où ? Où ?

Nous nous tournons dans toutes les directions et scrutons la nuit à travers nos lunettes spéciales. Rien.

Alors, Mlle Bille-en-Tête fait quelques pas vers la rivière. D'une poche de sa combinaison, elle sort un petit filet. Elle l'ouvre... et un nuage de papillons argentés tourbillonne au-dessus de nos têtes, envoyant des éclairs de lumière comme des lucioles.

L'instant d'après, la silhouette sombre

d'une chauve-souris fonce sur la nuée d'insectes. Nous voyons un éclair blanc : c'est le ventre de l'animal qui accroche la lumière. La chauve-souris attrape quelques papillons et s'apprête à en gober un, plus bas, lorsqu'elle se cogne en plein dans notre filet !

8

Jeannot, la chauve-souris

– Incroyable ! s'exclame Mike en délivrant sa prise avec précaution. C'est notre jour de chance, les enfants !

Revenu sur la rive, le guide tend la main qui tient la chauve-souris. On se presse autour de lui. Même Ophélie est impatiente de jeter un œil sur l'animal.

– Mais... je ne vois pas de tache ! dit Anne-Laure.

Mike retourne l'animal. Sur le dos, trois taches blanches se détachent nettement sur la fourrure brune.

– Je reconnais ses oreilles de lapin ! rit Carlos. Exactement les mêmes que sur l'image que nous a montrée la maîtresse.

Notre guide effleure la fourrure avec le doigt.

– Normalement, l'oreillard n'aime pas être manipulé. Mais ça n'a pas l'air de déranger celui-ci. Quelqu'un veut le toucher ?

Je n'en reviens pas moi-même, mais je suis le premier à tendre la main ! Et me voilà en train de caresser le dos de l'animal. C'est fou ce que c'est doux !

– Raphaël ! s'écrie Véronique. Tu te rends compte ? Tu es en train de toucher une chauve-souris !

– Ce n'est pas si terrible. Et on dirait qu'elle m'aime bien. Je vais l'appeler Jeannot, à cause de ses grandes oreilles.

– À moi, à moi ! Je veux la toucher ! s'écrie Carlos.

– D'accord, accepte Mike. En général, il

vaut mieux éviter d'approcher n'importe
quelle bête sauvage, mais Jeannot a l'air
vraiment cool.

Un par un, tous les élèves s'avancent

pour caresser Jeannot. Anne-Laure et Ophélie sont les dernières à passer.

– Toi d'abord, dit Ophélie.

Puis Anne-Laure encourage son amie :

– À toi, maintenant. Tu verras, c'est super doux.

– Je suis sûr qu'elle n'osera pas, dit Thomas, avec sa phobie des chauves-souris.

Ophélie hausse les épaules :

– Pff... Je ne sais même pas ce que c'est, une phobie, d'abord.

– Ça veut dire que tu as bien trop peur des chauves-souris...

– Ah oui ? Tu crois ça ?

Pas possible ! Ophélie tend la main pour caresser l'oreillard.

– Attends ! Il faut absolument que je prenne une photo !

Je cours vers le bus-chalet et, en un éclair, je reviens vers les autres, mon appareil en bandoulière.

Juste au moment où Ophélie pose un doigt sur l'animal, j'enfonce le bouton. Clic ! Et une de plus pour mon album. Et quelle photo ! Jamais je n'aurais cru qu'Ophélie pourrait toucher une chauve-souris, et avec le sourire, en plus !

– Est-ce qu'on pourrait ramener Jeannot avec nous ? demande Ophélie. Ce serait génial d'avoir un iguane et une chauve-souris comme mascottes !

– Désolée, dit Mlle Bille-en-Tête. Mais la place d'un animal sauvage n'est pas dans une cage. Une chauve-souris a besoin de grands espaces pour vivre.

– De toute façon, ajoute Mike, pas question de priver la nature d'un habitant aussi précieux ! Les oreillards maculés font partie des animaux rares, qu'il faut protéger. Je ne pensais même pas en voir un jour d'aussi près.

– Je comprends, dit Ophélie. Et puis, c'est trop beau, ici...

– Je suis sûre qu'il retrouvera sa falaise avec bonheur, déclare la maîtresse.

Notre guide lève les bras au-dessus de sa tête et ouvre les mains. La chauve-souris s'envole, oreilles pointées vers l'avant. Nous crions en chœur :

– Au revoir, Jeannot ! Donne le bonjour à ta famille pour nous.

Nous agitons les bras jusqu'à ce que l'animal disparaisse dans la nuit.

9

Dernier arrêt

Une fois notre chauve-souris envolée, Mlle Bille-en-Tête et Mike commencent à replier les filets. Quant à nous, nous nous affalons sur nos couchettes, morts de fatigue. Quel bonheur de se glisser sous une bonne grosse couette ! Je suis tellement épuisé d'avoir veillé si tard que je m'endors comme une souche.

Quand je rouvre les yeux, le soleil est déjà haut dans le ciel et inonde le bus-chalet. Mlle Bille-en-Tête, bien sûr, est déjà levée. Elle nous appelle pour le petit déjeuner :

—Debout, les marmottes ! Vous devez être affamés.

Un véritable festin nous attend : œufs brouillés, saucisses grillées, et même des gaufres débordant de miel. On se jette sur la nourriture comme si on n'avait rien mangé depuis une semaine.

Mais nous ne sommes pas au bout de nos surprises.

– Les enfants, annonce la maîtresse, Mike a une excellente nouvelle pour vous...

Nous nous regardons en écarquillant les yeux et suivons la maîtresse jusqu'à la rivière. Là, un canot pneumatique orange, piloté par Mike, nous attend.

– Enfilez vite les gilets de sauvetage et montez à bord, les enfants ! s'exclame le guide. Je vous emmène faire un tour.

– Super ! s'écrie Anne-Laure, qui est la première à sauter.

Nous la rejoignons un par un, en prenant bien soin de ne pas faire tanguer le bateau. Puis Mike lance le moteur, et le canot file sur la rivière en nous éclaboussant.

Mike coupe le moteur au pied d'une cascade et nous grimpons le long d'escaliers taillés dans la pierre jusqu'au sommet de la falaise. D'ici, la vue est fantastique ! C'est le moment de prendre une petite photo souvenir... Heureusement que j'ai pensé à emporter mon appareil ! Tout le monde se regroupe autour de Mike.

– Dites : « chauve-souris »...

Clic ! Encore une super photo pour mon album !

Mais toutes les bonnes choses ont une fin... Il faut déjà retourner au campement. Nous redescendons la falaise et regagnons le canot.

C'est l'heure des adieux. La maîtresse tape dans ses mains :

– Il est temps de dire au revoir à notre guide, les enfants !

– Content de vous avoir rencontrés, déclare Mike. Je vous souhaite un bon voyage de retour... et de bonnes vacances.

Nous reprenons nos places dans le chalet, un peu tristes de devoir quitter cet endroit merveilleux. Mlle Bille-en-Tête enfonce un bouton, et le chalet se transforme de nouveau en avion magique. Nous décollons vers l'est, survolant les sommets enneigés des Montagnes Rocheuses.

Nous volons seulement depuis quelques minutes lorsqu'un bip retentit.

— Le détecteur de chauves-souris ! s'écrie la maîtresse. Et si on faisait un dernier arrêt ?

— Encore des chauves-souris ? s'exclame Arnaud.

— D'après toi ?... répond Mlle Bille-en-Tête avec un clin d'œil.

Nous nous posons sur le parking d'une grande ville. La maîtresse se retourne :

— Bienvenue à Austin, au Texas !

Elle plonge la main sous son siège et échange sa casquette de pilote contre un chapeau de cow-boy.

— Le Texas est l'État des États-Unis qui compte le plus grand nombre d'espèces de chauves-souris : trente-deux au dernier recensement. Et Austin est un endroit très spécial pour les amoureux des chauves-souris ! Suivez-moi, vous allez comprendre...

Intrigués, nous accompagnons la maîtresse jusqu'à un pont dans le centre-ville qui semble attirer des promeneurs. Déjà, le soleil commence à descendre, et les nuages se colorent de violet. Plus il fait sombre, plus les badauds sont nombreux. Ils semblent guetter. Comme eux, nous nous appuyons sur le garde-fou.

– Qu'est-ce qu'on attend ? chuchote Ophélie.

– Tu vas voir, répond la maîtresse. Ce ne sera plus long...

Soudain, des chauves-souris s'envolent de sous le pont et dessinent des cercles juste au-dessus de nos têtes. Elles sont vite rejointes par dix, vingt, cinquante autres. Bientôt, le ciel est rempli de centaines, de milliers de chauves-souris ! C'est impressionnant !

– Ce sont des tadarides du Brésil, explique Mlle Bille-en-Tête. Chaque été, plus d'un

million de ces chauves-souris viennent du Mexique sous ce pont pour mettre leurs petits au monde. Les habitants d'Austin sont toujours très heureux de les voir arriver, car elles peuvent dévorer jusqu'à 15 tonnes d'insectes en une seule nuit !

Cet événement mérite bien une photo... Je vérifie mon appareil : plus qu'un seul cliché. Pas question de trembler. Je vise la nuée de chauves-souris tourbillonnant dans le ciel violet, et clic ! c'est dans la boîte.

– Vivement que toutes tes photos soient développées, me dit Thomas à l'oreille.

– Tiens, tiens, je croyais que tu n'aimais pas les photos !

Je lui fais un clin d'œil. Moi aussi, je suis pressé de voir mes photos. Je ne regarderai plus les chauves-souris de la même façon, maintenant...

Fin

Si tu as aimé ce livre,
tu peux lire d'autres histoires
dans la collection